RENARDS RUSÉS

Les plus grandes montagnes russes

Tina Kügler

Texte français d'Isabelle Dugal

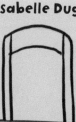

SCHOLASTIC

À ma grand-mère, qui a fait un tour du manège Demon au parc d'attractions Great America parce que j'avais trop peur de le faire. – T. K.

Catalogage avant publication de Bibliothèque et Archives Canada

Titre: Les plus grandes montagnes russes / texte et illustrations de Tina Kügler ; texte français d'Isabelle Dugal.
Autres titres: Biggest roller coaster. Français.
Noms: Kügler, Tina, auteur, illustrateur.
Collections: Noisette.
Description: Mention de collection: Renards rusés ; 2 | Noisette | Traduction de : The biggest roller coaster.
Identifiants: Canadiana 20220242453 | ISBN 9781443198271 (couverture souple)
Classification: LCC PZ26.3.K84 Plu 2023 | CDD j813/.6—dc23

Allons-y

Voici Finaud.

Voici Fanfan.

Voici Fred.

Faisons un tour de ce manège! Il tourne et tourne.

7

Ce manège est rapide.

Ton manège est rapide, mais CELUI-LÀ tourne à l'envers.

14

CE manège est
bruyant et rapide!

16

CE manège est encore plus bruyant et plus rapide!

LE GÉANT

19

Le plus grand, le plus rapide et le plus bruyant

LE GÉANT

Nous faisons la file pour le manège le plus grand, le plus rapide et le plus bruyant.

Eh oui.

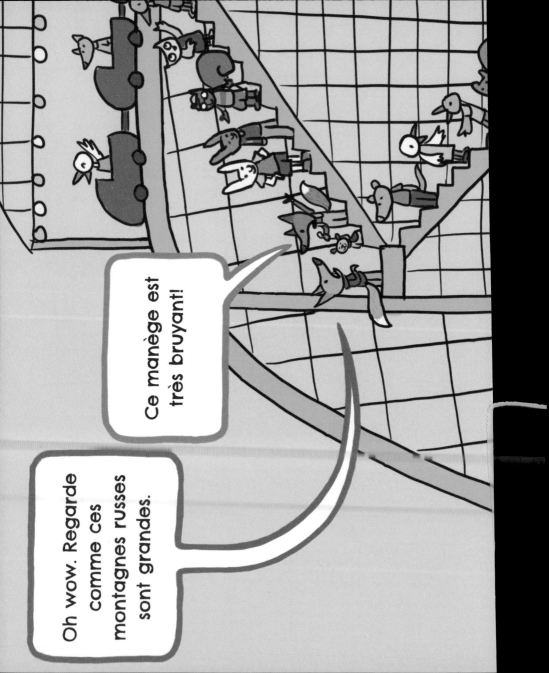

29

Le manège parfait

Regarde, Fred.
Il y a une foule de manèges.

On va te trouver
le meilleur.

41

L'auteure

Tina Kügler vit à

Los Angeles avec son mari et ses trois fils. Enfant, elle avait peur des montagnes russes, mais maintenant, elle les aime bien. Ses préférées sont The Beast à Kings Island, en Ohio, GhostRider à Knott's Berry Farm, en Californie, et Expedition Everest à Animal Kingdom, en Floride.

Tina écrit et illustre des livres, et elle crée des dessins animés pour la télé. Elle a écrit et illustré la série pour lecteurs débutants *Snail and Worm*, et a reçu un honneur Theodor Seuss Geisel en 2018.

Elle a aussi un lézard grincheux appelé Jabba, un chat timide nommé Walter Kitty, un chat affectueux appelé Freddie Purrcury et une chienne très énergique nommée Lola.

DESSINE FANFAN!

1. Dessine deux cercles sans appuyer trop fort avec ton crayon, car tu devras en effacer des parties.

2. Relie les cercles pour faire le corps de Fanfan, puis dessine son nez.

3. Dessine ses bras, jambes et ses ore Fanfan a des ore courtes et larges

4. Dessine ses yeux, sa queue et les lignes de sa salopette. Fais-lui aussi un sourire!

5. Ajoute tous les détails. N'oublie pas ses moustaches!

6. Colorie ton dessi

RACONTE UNE HISTOIRE!

Finaud et Fanfan adorent aller au parc d'attractions.

Imagine que **tu** accompagnes Finaud et Fanfan.

Quel manège choisirais-tu et pourquoi?

Est-ce que Finaud et Fanfan feraient un tour avec toi?

Écris et illustre ton histoire!